ÉLÉGIES.

ÉLÉGIES

PAR

Mme VICTOIRE BABOIS,

SUR LA MORT DE SA FILLE

AGÉE DE CINQ ANS.

Hélas! et j'étais *mere*, et je n'ai pu mourir!

VOLTAIRE.

A PARIS,

DE L'IMPRIMERIE DE P. DIDOT L'AINÉ.

AN XIII.

AVERTISSEMENT.

Il y a plus de douze ans que ces élégies sont faites; et lorsque je les écrivis je ne pensais pas qu'elles dussent voir le jour, du moins pendant ma vie.

Avant de les livrer à l'impression je les ai soignées avec toute l'attention dont je suis capable. Si je pouvais espérer que l'on y découvrît le germe de quelque talent, je le devrais à Racine, qui fut à mon insu mon unique maître, et dont la lecture fut pour ainsi dire ma premiere passion.

Mon éducation, presque bornée aux instructions convenables à mon sexe, et dirigée par une prévoyance inquiete, avait pour but d'éloigner de mon enfance tout ce qui pouvait enflammer une imagination trop sensible aux attraits si puissants de la poésie. J'étais loin de prévoir les peines qui m'étaient réservées dans l'avenir; j'étais loin sur-tout de soupçonner qu'il dût jamais sortir un vers de ma plume, et je ne songeais pas à étudier cet art si difficile dans l'auteur de Phedre et d'Iphigénie; mais je me laissais entraîner par un charme inexprimable qui me faisait dire en le lisant sans cesse :

> Je crois *le lire* encor pour la premiere fois.

Devenue mere, la perte de ma fille déchira mon cœur ; je me crus seule dans la nature, seule assise sur sa tombe. Les expressions de ma douleur porterent quelque empreinte du goût qui avait dominé mon esprit, et je sentis le besoin de les écrire. Entraînée sans peine par ce charme douloureux, je laissai couler mes vers et mes pleurs ; et la vérité du sentiment est peut-être le seul mérite de ces élégies.

Je n'ose point aspirer au suffrage du public ; c'est seulement aux meres tendres que j'offre le tableau de mes douleurs. Je n'aurai point à craindre d'elles un examen sévere. Quand le cœur est une fois touché (et celui d'une mere l'est si promptement !) l'esprit est facilement disposé à l'indulgence. En lisant ces élégies, qui ne sont que l'écho fidele de mes soupirs et de mes regrets, l'amour maternel mouillera peut-être leurs yeux de quelques larmes ; et puissent ces larmes être les seules que cet amour si profond et si douloureux leur fasse jamais verser !

ÉLÉGIES.

PREMIERE ÉLÉGIE.

Hélas! il est donc vrai, je suis seule ici-bas!
Dans tout ce que j'aimais j'ai subi le trépas.
Amie, épouse, fille, et mere infortunée,
Par tous les sentiments à souffrir condamnée,
A peine je quittais les jeux de mon berceau
Que déja de mes pleurs j'arrosais un tombeau.
Ma faible adolescence à l'abandon livrée,
Redemandait au ciel une mere adorée:
Je lui devais un cœur qu'elle aimait à former,
Tous mes vœux, mes plaisirs, le bonheur de l'aimer.
Sa raison toujours pure, et sur-tout sa tendresse,
Jusqu'au sein de la mort éclairaient ma jeunesse:
Ses trop longues douleurs m'ont appris à souffrir,
Et ses derniers moments m'ont appris à mourir.
Ah! malgré tous ses maux, du moins ma tendre mere
N'a perdu ses enfants qu'en perdant la lumiere;

J'étais entre ses bras, elle a vu ma douleur,
Et son dernier soupir est encor dans mon cœur.

Je n'ai depuis ce jour rencontré dans la vie
Que la douleur toujours de la douleur suivie.
Ah! qu'il fut vain pour moi le rêve du bonheur!
Que le réveil fut prompt!... Dans l'ennui, la langueur,
Lasse de déplorer une longue misere,
J'aurais trouvé la mort; mais, hélas! j'étais mere!
D'un sentiment si cher le pouvoir courageux
Sut vaincre mes ennuis. O temps, ô jours heureux!
La vie à chaque instant me devenait plus chere
En songeant qu'à ma fille elle était nécessaire.
Et ce dernier objet de mes plus tendres vœux,
La mort vient le frapper sur mon sein malheureux!
Dans mes bras, sans pitié, saisissant sa victime,
L'inhumaine me laisse et referme l'abyme...

Je n'apperçois plus rien, rien qu'un désert affreux;
Il n'est plus pour mon cœur, il n'est plus pour mes yeux
D'aurore, de printemps, de fleurs ni de verdure;
Je ne vois qu'un tombeau dans toute la nature.
Avec ma fille, hélas! tendresse, espoir, bonheur,
Tout a fini pour moi; tout est mort pour mon cœur.

DEUXIEME ÉLÉGIE.

En vain toujours errante et toujours inquiete,
Je crois fuir ma douleur en fuyant ma retraite.
Ici pour mes yeux seuls la nature est en deuil,
Et tout semble avec moi gémir sur un cercueil.
Malgré moi-même, hélas! de ma fille expirante
Je retrouve en tous lieux l'image déchirante;
Je sens encor ses maux, je la revois en pleurs,
Tour-à-tour résistant, succombant aux douleurs,
S'attacher à mon sein, et d'une main débile
Sur ce sein malheureux se chercher un asile.
Le nom de mere, hélas! qui fit tout mon bonheur,
Ses accents douloureux l'ont gravé dans mon cœur.
Par un dernier effort où survit sa tendresse,
Je la vois surmonter ses tourments, sa faiblesse;
Ses yeux cherchent mes yeux, sa main cherche ma main;
Elle m'appelle encore, et tombe sur mon sein...
Dieu puissant, Dieu cruel, tu combles ma misere;
C'en est fait, elle expire, et je ne suis plus mere!
Ses yeux, ses yeux si doux, sont fermés pour toujours.
Ma fille!... Non, le sort n'a pas tranché tes jours;
Me séparer de toi n'est pas en sa puissance:
La preuve de ta vie est dans mon existence.

Oh ! reste dans mes bras ; pour combattre tes maux
J'inventerai des soins et des secours nouveaux ;
Tout deviendra possible au transport qui m'inspire :
Ma fille, tu vivras puisqu'enfin je respire.
Accusant, menaçant, implorant tous les dieux,
J'invoquerai pour toi les enfers et les cieux ;
Palpitante d'effroi ta mère infortunée
Ose te disputer à la Mort étonnée ;
Entends, entends mes cris... Tu ne me réponds plus...
O trop aveugle espoir ! ô tourments inconnus !...
Dieu, rends-moi mon erreur et ce transport funeste ;
Mon délire est, hélas ! le seul bien qui me reste.

TROISIEME ÉLÉGIE.

Toi qui fis de mes jours le charme et le tourment,
Toi que tant de soupirs rappellent vainement,
Ma fille! cher objet d'amour et de souffrance,
Ah! laisse mes regrets errer sur ton enfance:
Rends à mon cœur trompé ces jours remplis d'appas
Où mes plus tendres soins ne me rassuraient pas.
Tu croissais sous mes yeux quand tu me fus ravie;
En naissant sur ton front la rose s'est flétrie,
Et la mort s'apprêtait à tromper mon espoir,
Quand mes yeux s'enivraient du plaisir de te voir.
Dans l'ombre de la nuit ma craintive tendresse
Auprès de ton berceau me ramenait sans cesse.
Combien de fois, hélas! le retour du soleil
Me vit pâle et tremblante attendre ton réveil,
Et mon ame attachée à ta paisible couche
S'ouvrir au doux souris qui naissait sur ta bouche?
Tes baisers innocents faisaient passer mon cœur
Des pleurs de la tristesse aux larmes du bonheur;
Sur mon sein ranimé quand tu puisais la vie,
Quand tes yeux se fixaient sur ta mere attendrie,
Quand ton front me peignait le naïf enjouement,
Ah! qu'alors mes ennuis s'oubliaient aisément!

Dans ton cœur ingénu je me plaisais à lire ;
Souvent je t'écoutais pour apprendre à t'instruire;
Tes caresses, ta voix, tes regards si touchants,
A ta mere attentive annonçaient tes penchants.
Conduite par mes soins, la raison pour te plaire,
Se mêlant à tes jeux, perdait son air austere;
Et si tous les talents venaient m'environner,
Je ne les cultivais que pour te les donner.
De toute fausse idée éloignant l'imposture,
J'aimais à conserver ton ame libre et pure;
Mais pour la vérité laissant mûrir ton cœur,
Je croyais assez faire en faisant ton bonheur;
Et dans mes yeux charmés ton aimable innocence,
En cherchant sa leçon, trouvait sa récompense.

Celui qui sait de Flore enchaîner la faveur,
Dans le bouton qui naît, prévoit déja la fleur.
Ainsi dans ton esprit avide de culture,
Mes desirs inquiets devinaient la nature;
Et dans ces doux travaux conduite par l'amour,
J'amassais en secret pour t'enrichir un jour.
En soins ingénieux la tendresse est fertile,
Et le cœur à l'esprit sait rendre tout facile.

Quel changement terrible! hélas! ces heureux jours,
En vain je les rappelle, ils ont fui pour toujours.

Depuis l'instant affreux où tu me fus ravie,
Et qui dut être, hélas! le dernier de ma vie,
Ma jeunesse s'écoule en regrets impuissants,
Et toujours superflus et toujours renaissants.
Rien ne peut de mon cœur tromper l'inquiétude;
Rien ne peut de t'aimer remplacer l'habitude.
Mes vœux n'ont point d'objet, mon ame est sans desir:
Je n'ai plus devant moi qu'un éternel loisir;
Et le sommeil suspend l'ennui qui me consume
Pour me le rendre encore avec plus d'amertume.
Hélas! les soins touchants, les pleurs de la pitié,
Tout aigrit ma douleur, et je fuis l'amitié:
Elle me cherche en vain, en vain toujours plus tendre
Elle poursuit un cœur qui ne peut plus l'entendre.
Sa voix, sa douce voix, réclamant son pouvoir,
Vainement dans mon ame, ouverte au désespoir,
De la froide raison rappelle la constance;
Le courage n'est plus où n'est plus l'espérance.

QUATRIEME ÉLÉGIE.

Ou vais-je? où suis-je? hélas! ô douleur, ô tourment!
Ne puis-je sans souffrir respirer un moment?
Je sens gémir mon cœur, un poids affreux l'oppresse:
O ma fille! il te cherche, il t'appelle sans cesse.
Mes yeux furent, hélas! témoins de ton trépas:
Je sais que tu n'es plus, et je ne le crois pas.
En pleurant sur ta tombe, au Dieu qu'en vain j'implore
Ce cœur infortuné te redemande encore;
Il s'attache, égaré, frémissant, incertain,
Sur des restes muets qu'il repousse soudain;
Et toujours renaissant dans mon ame éperdue,
Ce douloureux transport me ranime et me tue.
Du désespoir enfin la déchirante horreur
Suit ce doute insensé que dément ma douleur.
Je succombe, mes yeux se couvrent d'un nuage,
Je sens fuir ma pensée, et même ton image;
Ma voix ne gémit plus, mes yeux n'ont plus de pleurs:
Avec le sentiment j'ai perdu mes douleurs.
Au sommeil, malgré moi, je cede anéantie:
Pour prolonger mes maux il répare ma vie;
D'un ravissant prestige animant ses pavots,
Dans un songe plus doux que le plus doux repos

Il surprend mes esprits et mon ame éperdue;
Le sort est désarmé : ma fille m'est rendue!
Mon cœur même est trompé ; c'est elle, je la vois!
Et lorsque tous mes sens s'élancent à la fois,
Quand je crois la saisir,... hélas! à chaque aurore,
Ma fille dans mes bras revient mourir encore;
La nuit, sourde à mes cris, emporte un songe vain,
Et replonge en fuyant le poignard dans mon sein.

Dieu, qui vois mes tourments, hélas! dès mon jeune âge
J'aimai la vérité, pour t'aimer davantage;
A l'amour maternel, qui fit tout mon bonheur,
L'amour de la vertu s'unissait dans mon cœur;
Ce cœur trop malheureux t'offrit un pur hommage:
Termine enfin ses maux, et brise ton ouvrage;
Pour aimer et souffrir s'il sortit de tes mains,
Ah! qu'il a bien rempli ses malheureux destins!

CINQUIEME ÉLÉGIE.

HÉLAS ! qu'à ma douleur, lentement je succombe !
Je vois s'ouvrir sans cesse et se fermer ma tombe.
Le sommeil bienfaisant qui suspendait mes maux,
A mes maux dès long-temps refuse ses pavots.
Chaque instant sur mes yeux répand un jour plus sombre:
De moi-même bientôt je ne suis plus qu'une ombre;
Je vois à mon aspect la Pitié qui frémit;
On doute en me voyant, lorsque ma voix gémit,
Si c'est elle en effet, si c'est moi qui soupire,
Ou la Douleur qui vit, qui parle, qui respire;
Et je fatigue encor de mes tristes regrets
Le rivage du saule et l'ombre des forêts.
Un feu sombre et mourant m'anime et me dévore;
Telle en un lieu funebre on voit errer encore
L'incertaine lueur d'un lugubre flambeau
Qui lentement pâlit et meurt sur un tombeau.
Avec effort déja je cherche ma pensée;
Je me surprends moi-même immobile et glacée,
Étouffant avec peine un sanglot douloureux;
J'ai perdu jusqu'aux pleurs, seul bien des malheureux.
Il est temps que sur moi la tombe se referme,
Et le comble des maux amene enfin leur terme.

Il approche : la paix va rentrer dans mon cœur;
Je sens que tout finit, oui, tout, jusqu'au malheur.

Empire de la mort, vaste et profond abyme,
Où tombe également l'innocence et le crime,
De ton immensité la ténébreuse horreur
N'a rien qui désormais puisse étonner mon cœur.
Ma fille est dans ton sein : ah ! c'est trop lui survivre !
J'ai vécu pour l'aimer et je meurs pour la suivre.

SIXIEME ÉLÉGIE.

A MON FRERE.

Fidele compagnon de ma paisible enfance,
Toi qui suivis mon sort avec trop de constance,
O mon frere! pour prix de tes soins généreux,
Reçois de mes tourments le tableau douloureux;
Il t'offre de mon cœur une fidele image,
Et d'une amitié tendre il est le dernier gage.
Dans cet écrit funeste arrosé de mes pleurs,
Où mon ame en secret déposa ses douleurs,
Puisses-tu quelquefois d'une voix attendrie
Relire mes malheurs et pleurer sur ma vie!
Cherche alors des forêts la plus sombre épaisseur;
Fuis l'aspect du mortel qu'enivre le bonheur.
Ah! tout lecteur heureux est un lecteur sévere.
Mais livre-moi sans crainte aux regards d'une mere:
Son cœur bientôt ému sentira mes douleurs,
Et ma fille après moi fera couler des pleurs;
Ce douloureux tribut est ma seule espérance.
En peignant mes regrets dans l'ombre et le silence,
Cet espoir, malgré moi se glissant dans mon cœur,
A d'horribles tourments mêlait quelque douceur;

Que l'amitié fidele en soit dépositaire!
J'aime à lui consacrer la fin de ma carriere;
Mon cœur enfin l'écoute; et l'aspect du trépas
De ce doux sentiment me rend tous les appas.
Mes yeux en s'éteignant rencontrent ceux d'un frere:
Ton zele y rappelant un reste de lumiere,
Sur le bord de la tombe arrête encor mes pas;
Laisse-moi m'enfoncer dans la nuit du trépas;
Dans cette nuit profonde où s'endort l'innocence:
J'emporte tes bienfaits et ma reconnaissance.
De la vie à la mort je passe doucement,
Et je jouis enfin de mon dernier moment.
Ainsi le ciel affreux d'un jour chargé d'orages,
Devenu calme et pur, brille au soir sans nuages;
Et l'homme avec plaisir voit un moment les cieux,
Avant que le sommeil vienne fermer ses yeux.

LE SAULE DES REGRETS.

Saule, cher à l'amour et cher à la sagesse, [1]
Tu vis l'autre printemps sous ton heureux rameau,
Le chantre aimé des dieux moduler sa tristesse,
Et l'onde vint plus fiere enfler ton doux ruisseau.

Sur le feuillage ému, sur le flot qui murmure
L'amour a conservé ses soupirs douloureux.
Moi, je te viens offrir les pleurs de la nature ;
Ne dois-tu pas ton ombre à tous les malheureux ?

Dans ce même vallon, doux saule, j'étais mere !
Mon ame s'enivrait d'orgueil et de bonheur;
Dans ce même vallon, seule avec ma misere,
Je n'ai que ton abri, mes regrets, et mon cœur.

Ma fille a respiré l'air pur de ton rivage,
Elle a cueilli des fleurs sur ces gazons touffus.
Ses charmes innocents, les graces de son âge
Ont embelli ces lieux : doux saule, elle n'est plus !

---

(1) M. Ducis a fait le Saule du sage, le Saule de l'amant, et le Saule du malheureux.

J'aimais à contempler sa touchante figure
Dans le crystal mouvant de ce faible ruisseau;
J'y trouvais son souris, sa blonde chevelure...
Hélas! je cherche encore, et n'y vois qu'un tombeau.

Cesse de protéger la tranquille sagesse;
A l'amour étonné retire tes bienfaits.
Je viens, loin des heureux, t'apporter ma détresse;
Sois l'asile des pleurs, sois l'arbre des regrets.

Dérobe à tous les yeux ce douloureux mystere;
Que ton ombre épaissie enveloppe mon sort;
Sous tes pâles rameaux retombant vers la terre,
Enferme autour de toi le silence et la mort.

Dieux! tu m'entends; déja sur ta tige flétrie
La fleur perd son éclat, la feuille sa fraîcheur.
Doux saule, tu me peins le terme de la vie;
Hélas! tu veux aussi mourir de ma douleur.

Ton aspect dans mon cœur vient d'arrêter mes larmes:
Ah! laisse-moi du moins le pouvoir de gémir;
De mes regrets plaintifs rends-moi les tristes charmes:
Je le sens, il me faut ou pleurer ou mourir.

Lorsqu'assis à tes pieds, sous les vents en furie,

Le sage voit ton front se courber sans effort,
Il pardonne au destin, il supporte la vie :
Apprends-moi donc aussi qu'il faut céder au sort.

Ah! rends-moi du printemps la fraîcheur renaissante;
Rends à mon cœur flétri ses dons trop tôt perdus;
Rends-moi les arts, la paix, l'amitié plus touchante...
Mais, non, ne me rends rien : doux saule, elle n'est plus!

FIN.

www.ingramcontent.com/pod-product-compliance
Ingram Content Group UK Ltd.
Pitfield, Milton Keynes, MK11 3LW, UK
UKHW022210190726
13855UKWH00004B/1706

9 782013 060141